SCHWARZ-WEISS-ROT
GROTESKEN

MYNONA

copyright © 2023 Culturea éditions
Herausgeber: Culturea (34, Hérault)
Druck: BOD - In de Tarpen 42, Norderstedt (Deutschland)
Website: http://culturea.fr
Kontakt: infos@culturea.fr
ISBN:9791041939299
Veröffentlichungsdatum: FEBRUAR 2023
Layout und Design: https://reedsy.com/
Dieses Buch wurde mit der Schriftart Bauer Bodoni gesetzt.
Alle Rechte für alle Länder vorbehalten.
ER WIRT MIR GEBEN

SCHWARZ-WEISS-ROT
ODER
DEUTSCHLANDS SIEG ÜBER ENGLAND UNTER
GOETHES FARBEN

ES ist im höchsten Grade ominös, daß Deutschland ganz buchstäblich *Goethes Farben* trägt, nämlich außer den Extremen aller Farben, Weiß und Schwarz, gerade Rot, die Farbe aller Farben im Sinne Goethes; und daß Goethe mit dieser seiner Farbenauffassung seit mehr als einem Jahrhundert so vergeblich gerade gegen *England*, nämlich gegen den lichtverfinsternden Farbenlehrer Isaac Newton kämpft, welcher in einer jede Treue des deutschen Goetheauges verletzenden Art unglaublich falsch Farbe bekennt.

Längst würde die deutsche Wissenschaft den farbenblinden Engländer mit Goetheschen Waffen niedergestreckt haben, wenn dieser sich nicht auf der Insel Mathematik mit scheinbarer Unüberwindlichkeit verbollwerkt hätte und von dorther seit über 200 Jahren die Welt aller Farben despotisch brutalisierte. Dieser Engländer lehrt messen und rechnen: aber Goethe lehrt *sehen*! Und man soll doch erst sehen lernen, *bevor* man zählt und mißt, was man sieht. Es ist sehr charakteristisch für den Engländer, daß er sich verrechnen muß, weil er mit seiner Rechenkunst zu voreilig ist — und sollte auch Jahrhunderte lang die scheinbare Präzision seiner Rechnung den falschesten Postenansatz verdecken. Goethe wird hoffentlich mit Deutschland so mitsiegen, daß Deutschlands Schulkinder sehr bald über die englischen Farben lachen lernen, die angeblich im Lichte stecken, während sie sich für jedes deutsche, d. h. Goethesche, also gesunde Auge ganz offenbar aus Finsternis und Licht, aus *Schwarz und Weiß* also, erzeugen und im Rot das liebste Kind dieser Eltern haben:

„Es stammen ihrer sechs Geschwister

Von einem wundersamen *Paar*"

sagte bereits Schiller vor Goethe. Ein großer Rechenmeister war dieser englische Fürst der Geister, Newton. Aber er hat ausgespielt, wenn Deutschland auf preußische Manier und mit Goethes Augen *Schwarz-Weiß* sehen lernt: es wird sich dann das Rot noch göttlicher herausrechnen, wenn es erst *sieht*, daß dieses freudig errötende Grau zwischen Schwarz und Weiß so wenig aus dem Lichte allein stammt wie das preußisch nüchterne, das ja ganz unverkennbar eine Mischung aus Schwarz und Weiß ist. Laßt Euch doch nicht von englisch perfekter Rechenkunst betören, die auf Lug und Trug, auf Augentäuschung beruht, und führt

Eure Farben auch zum Sieg deutscher Gründlichkeit unter dem Farben-Generalfeldmarschall Goethe, diesem Über-Hindenburg aller Farbenlehre!

Dadurch, daß Goethe auch ins *Schwarze* getroffen hat, ist das Weiß erst fähig geworden, Farben zu entbinden. Sie, wie der nur halbgesichtige Engländer aus dem Weißen allein, dem Lichte, zu entwickeln, bloß um bequemer, aber auch einfältiger *rechnen* zu können, dazu rechnete Goethe zu ehrlich, zu tief auch mit der Finsternis, dem Schwarz. Spiegelt sich hierin nicht symbolisch unser politischer Konflikt mit einem Volke, das aufgeklärtestes Licht heuchelt, indem es aber inwendig die bunt getigerte Tücke der ganzen Finsternis verbirgt, während der echt aufgeklärte Deutsche Goethe frei und offen außer *Weiß* auch *Schwarz* bekennt und die Iris des *Friedens* dazwischen farbig entbrennen läßt, welche im *Purpur* ihre feierlichste Vermählung hält?

Zu verkennen, daß es ein echtes treues Schwarz gibt; sich anzustellen, wie wenn es lauter Licht gäbe, während man sogar das schwärzliche *Indigo* (!) in diesem scheinbar lauteren Lichte verbirgt und, wann man will, berechnet hervorbrechen läßt — ist das nicht englisch? — Und ist es nicht kerndeutsch und Goethisch, daß Meister *Schwarz* das Pulver erfunden hat: und daß, genau so wenig wie *Grau*, sich Farbe bloß aus Weiß, sondern bloß aus der *Vermischung* von Schwarz mit Weiß gewinnen läßt, deren innigstes Kind gerade Rot ist? — Wenn Deutschland alle Welt versöhnen, vermählen will, will England, um selber zu herrschen, überall entzweien; so wie Newton lieber das Licht in sich selbst entzweit, statt es mit der lichtlosen Finsternis nicht bloß gräulich, sondern farbenfroh zu vermählen:

„*Entzwei* und herrsche!

Tüchtig Wort.

Verein und leite —

Bess'rer Hort!"

(Goethe.)

England hat ausgespielt, auch in der Farbenlehre. Deutsche Farbenlehrer! Beginnt endlich einzusehen, daß Ihr von England mit schlauen Rechenkünsten um die halbe Wahrheit der Farbe betrogen werdet, und daß erst Goethe Euch die *ganze* gewährt. Und Goethe, der zuletzt lacht, wird Euch auch dazu verhelfen, die besseren Mathematiker zu werden, weil er wie Kant den Mut hat, offen und unverheuchelt mit der *negativen* Größe, mit dem ungeschminkten Minus und

Schwarz der Finsternis zu rechnen, wie Dr. Luther mit dem Teufel. Dieses englische Licht ist nur eine andere Finsternis, und Deutschland kann von Goethe lernen, wie sich

„Licht und Schatten

Zu echter Klarheit gatten."

Schwarz-Weiß-Rot: — Mutter, Vater, Kind. In diesem Rot sind alle Farben zusammen, es ist die Verschmelzung von Orange, also gesteigertem Gelb, mit Violett, gesteigertem Blau; während Blau und Gelb sich im Grün vermischen, dieser hoffnungsreichen Wurzel der Krone Rot. Welches „Wunder von Sinn im Zufall", daß Deutschlands Fahnenfarben das wahre *Emblem* der Goethischen Lehre bilden! Goethe stellte den Gegensatz offen dar, den es zu versöhnen gilt, und er versöhnt ihn hochrot hochzeitlich. Der schlaue Engländer verhehlt den Gegensatz, hüllt ihn in Unschuldsweiß und sucht ihn mit einer erflunkert friedliebenden Einheit zu bezwingen, die, zur Unfruchtbarkeit verurteilt, kriegerische Mißgeburten ausheckt. Im Zeichen Goethes, Schwarz-Weiß-Rot, soll Deutschland auch wissenschaftlich siegen! Das trübselige Schicksals*grau* zwischen Licht und Finsternis zerreißt, und das elend vom Engländer gequälte *Paar* erglüht in der Freudenröte seiner innigeren Vereinigung:

„Nun lacht die Welt,

Der *grause* Vorhang riß,

Die Hochzeit kam

Für Licht und Finsternis."

GOETHE SPRICHT IN DEN PHONOGRAPHEN.
EINE LIEBESGESCHICHTE

„ES ist doch schade", sagte Anna Pomke, ein zaghaftes Bürgermädchen, „daß der Phonograph nicht schon um 1800 erfunden worden war!"

„Warum?" fragte Professor Abnossah Pschorr. „Es ist schade, liebe Pomke, daß ihn nicht bereits Eva dem Adam als Mitgift in die wilde Ehe brachte, es ist Manches schade, liebe Pomke."

„Ach, Herr Professor, ich hätte wenigstens so gern Goethes Stimme noch gehört! Er soll ein so schönes Organ gehabt haben, und was er sagte, war so gehaltvoll. Ach, hätte er doch in einen Phonographen sprechen können! Ach! Ach!"

Die Pomke hatte sich längst verabschiedet, aber Abnossah, der eine Schwäche für ihre piepsige Molligkeit hatte, hörte noch immer ihr Ächzen. Professor Pschorr, der Erfinder des Ferntasters, versank in sein habituelles erfinderisches Nachdenken. Sollte es nicht noch jetzt nachträglich gelingen können, diesem Goethe (Abnossah war lächerlich eifersüchtig) den Klang seiner Stimme abzulisten? Immer, wenn Goethe sprach, brachte seine Stimme genau so regelrecht Schwingungen hervor, wie etwa die sanfte Stimme deiner Frau, lieber Leser. Diese Schwingungen stoßen auf Widerstände und tele reflektiert, so daß es ein Hin und Her gibt, welches im Laufe der Zeit zwar schwächer tele , aber nicht eigentlich aufhören kann. Diese von Goethes Stimme erregten Schwingungen dauern also jetzt noch fort, und man braucht nur einen geeigneten Empfangsapparat, um sie aufzunehmen, und ein Mikrophon zur Verstärkung ihrer inzwischen schwach gewordenen Klangwirkungen, um noch heutzutage Goethes Stimme lautwerden zu lassen. Das Schwierige war die Konstruktion des Empfangsapparats. Wie konnte dieser speziell auf die Schwingungen der Goetheschen Stimme berechnet tele, ohne daß Goethe leibhaftig hineinsprach? Fabelhafte Geschichte! Dazu müßte man eigentlich, fand Abnossah, den Bau der Goetheschen Kehle genau studieren. Er sah sich Bilder und Büsten Goethes an, aber diese gaben ihm nur sehr vage Vorstellungen. Schon wollte er das Ding aufgeben, als er sich plötzlich darauf besann, daß ja Goethe selbst, wenn auch in Leichenform, noch existierte. Sofort machte er eine Eingabe nach Weimar, man möge ihm die Besichtigung des Goetheschen Leichnams, zum Zwecke gewisser Abmessungen, auf kurze Zeit gestatten. Er wurde aber mit dieser Eingabe abschlägig beschieden. Was nun?

Abnossah Pschorr begab sich, ausgerüstet mit einem Köfferchen voll feinster Abmessungs- und Einbruchsinstrumente, nach dem lieben alten Weimar; nebenbei gesagt, saß dort im Wartesaal erster Klasse die stadtbekannte Schwester des weltbekannten Bruders im anmutigen Gespräch mit einer alten Durchlaucht von Rudolstadt; Abnossah hörte gerade die Worte: „Unser Fritz hatte stets eine militärische Haltung, und doch war er sanft, er war mit andern von echt christlicher Sanftmut — wie würde er sich über diesen Krieg gefreut haben! Und über das herrliche, ja heilige Buch von Max Scheler!"

Abnossah schlug vor Schrecken längelang hin. Er raffte sich nur mit Mühe wieder auf und nahm Quartier im „Elephanten". In seinem Zimmer prüfte er die Instrumente sorgsam. Dann aber rückte er sich einen Stuhl vor den Spiegel und probierte nichts geringeres an tele überraschend portraitähnliche Maske des alten Goethe; er band sie sich vors Antlitz und sprach hindurch:

„Du weißt, daß ich ganz sicher ein Genie,

Am Ende gar der Goethe selber bin!

Platz da, Sie Tausendsapperloter! Oder ich rufe Schillern und Karl Augusten, meinen Fürsten, zu Hülfe, er Tölpel, er Substitut!"

Diesen Spruch übte er sich ein, er sprach ihn mit sonorer, tiefer Stimme.

Zur späten Nachtzeit begab er sich an die Fürstengruft. Moderne Einbrecher, die ich mir alle zu Lesern wünsche, tele über die übrigen Leser lächeln, die einen Einbruch in die wohlbewachte Weimarer Fürstengruft für unmöglich halten. Sie mögen aber bedenken, daß ein Professor Pschorr, als Einbrecher, kolossale Vorteile vor noch so geschickten Einbrechern von Fach voraus hat! Pschorr ist nicht nur der geschickteste Ingenieur, er ist auch Psychophysiolog, Hypnotiseur, Psychiater, Psychoanalytiker. Es ist überhaupt schade, daß es so wenige gebildete Verbrecher gibt: wenn nämlich dann alle Verbrechen gelängen, so würden sie endlich zur Natur der Dinge gehören und so wenig bestraft tele wie Naturereignisse: Wer stellt den Blitz zur Rede, daß er den Kassenschrank des Herrn Meier schmelzt? Einbrecher wie Pschorr sind mehr als Blitze, te gegen sie hilft kein Ablenker.

Pschorr konnte ein Grausen hervorrufen und die vor Entsetzen fast Erstarrten obendrein durch Hypnose an die Stelle bannen; und das in einem einzigen Augenblick. Denken Sie sich, Sie bewachten um Mitternacht die Fürstengruft: auf einmal steht Ihnen der alte Goethe gegenüber und bannt Sie fest, daß nichts mehr an Ihnen lebt als der Kopf. In solche Köpfe auf scheintoten Rümpfen verwandelte Pschorr die ganze Bewachungsgilde. Bis der Krampf sich löste, blieben ihm gut und gern etwa zwei Stunden, und diese nutzte er kräftig aus. Er ging in die Gruft, ließ einen Scheinwerfer aufzucken und fand auch bald den Sarg Goethes heraus. Nach kurzer Arbeit war er mit der Leiche bereits vertraut. Pietät ist gut für Leute, die sonst keine Sorgen haben. Daß

Pschorr zweckgemäß am Kadaver Goethes herumhantierte, darf ihm nicht verargt tele , er nahm auch einige Wachsabdrücke; im übrigen hatte er vorgesorgt, daß er Alles und Jedes wieder in die vorige Ordnung brachte. Überhaupt sind gebildete Amateur-Verbrecher zwar radikaler als die Fachleute, aber grade diese Radikalität des exakten Gelingens gibt ihren Verbrechen den ästhetischen Liebreiz der Mathematik und restlos aufgelöster Rechenexempel.

Als Pschorr sich wieder ins Freie begab, legte er noch einige Eleganz in diese Präzision, indem er absichtlich einen Posten wieder vom Bann befreite und ihn dann, wie oben, ins Gebet nahm. Dann riß er sich draußen sofort die Maske vom Antlitz und ging in langsamstem Tempo zum „Elephanten". Er freute sich; er hatte, was er gewollt hatte. Gleich am andern Morgen reiste er zurück.

Nun tele für ihn die regste Arbeitszeit. Sie wissen, man kann nach einem Skelett den fleischernen Leib rekonstruieren; jedenfalls konnte das Pschorr. Die genaue Nachbildung der Goetheschen Luftwege bis zu Stimmbändern und Lungen hatte für ihn jetzt keine unüberwindbaren Schwierigkeiten mehr. Die Klangfärbung und Stärke der Töne, die von diesen Organen hervorgebracht wurden, war auf das leichteste festzustellen — brauchte man doch nur den Luftstrom, der Goethes nachgemessenen Lungen entsprach, hindurchstreichen zu lassen. Es dauerte nicht lange, und Goethe sprach, wie er zu seinen Lebzeiten gesprochen haben mußte.

Allein es handelte sich darum, daß er nicht nur die eigne Stimme, sondern auch die Worte wiederholte, die er mit dieser Stimme vor hundert Jahren wirklich gesprochen hatte. Dazu war es nötig, in einem Raum, in dem solche Worte oft erschollen waren, Goethes Attrappe aufzustellen.

Abnossah ließ die Pomke bitten. Sie kam und lachte ihn reizend an.

„Wollen Sie ihn sprechen hören?"

„Wen?" fragte Anna Pomke.

„Ihren Goethe."

„Meinen?! Nanu! Professor!"

„Also ja!"

Abnossah kurbelte am Phonographen, und man hörte:

„Freunde, flieht die dunkle Kammer . . ." usw.

Die Pomke war eigentümlich erschüttert.

„Ja," sagte sie hastig, „genau so habe ich mir das Organ gedacht, es ist ja bezaubernd!"

„Freilich," rief Pschorr. „Ich will Sie aber nicht betrügen, meine Beste! Wohl ist es Goethe, seine Stimme, seine Worte. Aber noch nicht die wirkliche Wiederholung wirklich von ihm gesprochener Worte. Was Sie eben hörten, ist die Wiederholung einer Möglichkeit, noch   tele Wirklichkeit. Mir liegt aber daran, Ihren Wunsch genau zu erfüllen, und darum schlage ich Ihnen eine gemeinsame Reise nach Weimar vor."

Im Wartesaal des Weimarer Bahnhofs saß wieder zufällig die stadtbekannte Schwester des weltbekannten Bruders und flüsterte einer älteren Dame zu:

„Es liegt da noch etwas Allerletztes von meinem seligen Bruder; aber das soll erst im Jahre 2000 heraus. Die Welt ist noch nicht reif genug. Mein Bruder hatte von seinen Vorfahren her die fromme Ehrfurcht im Blute. Die Welt ist aber frivol und würde zwischen einem Satyr und diesem Heiligen keinen Unterschied machen. Die kleinen italienischen Leute sahen den Heiligen in ihm."

Pomke   tel umgefallen, wenn Pschorr sie nicht aufgefangen hätte, er wurde dabei merkwürdig rot, und sie lächelte ihn reizend an. Man fuhr sofort nach dem Goethehaus. Hofrat Professor Böffel machte die Honneurs. Pschorr brachte sein Anliegen vor. Böffel wurde stutzig:

„Sie haben Goethes Kehlkopf als Attrappe, als mechanischen Apparat mitgebracht? Verstehe ich Sie recht?" —

„Und ich suche um die Erlaubnis nach, ihn im Arbeitszimmer Goethes aufstellen zu dürfen." —

„Ja, gern. Aber zu was Ende? Was wollen Sie? Was soll das bedeuten? Die Zeitungen sind grade von etwas Sonderbarem so voll, man weiß nicht, was man davon halten soll. Die Posten der Fürstengruft wollen den alten Goethe gesehen haben, und einen habe er sogar angedonnert! Die

Andern waren von der Erscheinung so benommen, daß man sie ärztlich behandeln lassen mußte. Der Großherzog hat sich den Fall vortragen lassen."

Anna Pomke blickte prüfend auf Pschorr. Abnossah aber fragte verwundert:

„Was hat das aber mit meinem Anliegen zu tun? Es ist ja allerdings kurios — vielleicht hat sich ein Schauspieler einen Scherz erlaubt?"

„Ah! Sie haben recht, man sollte einmal in dieser Richtung nachspüren. Ich mußte nur unwillkürlich . . . . Aber wie können Sie Goethes Kehlkopf imitieren, da Sie ihn doch unmöglich nach der Natur modellieren konnten?"

„Am liebsten würde ich das getan haben, aber leider hat man mir die Erlaubnis versagt."

„Sie würde Ihnen auch wenig genutzt haben, vermute ich."

„Wieso?"

„Meines Wissens ist Goethe tot."

„Bitte, das Skelett, besonders des Schädels würde genügen, um das Modell präzis zu konstruieren; wenigstens mir genügen."

„Man kennt Ihre Virtuosität, Professor. Was wollen tele dem Kehlkopf, wenn ich fragen darf?"

„Ich will den Stimmklang des Goetheschen Organs täuschend naturgetreu reproduzieren."

„Und Sie haben das Modell?" —

„Hier!"

Abnossah ließ ein Etui aufspringen. Böffel schrie sonderbar. Die Pomke lächelte stolz.

„Aber Sie können doch", rief Böffel, „diesen Kehlkopf gar nicht nach dem Skelett gemacht haben!?"

„So gut wie! Nämlich nach gewissen genau lebensgroßen und –echten Büsten und Bildern; ich bin in diesen Dingen sehr geschickt."

„Man weiß es! Aber was wollen tele diesem Modell in Goethes ehemaligem Arbeitszimmer?"

„Er mag da manches Interessante laut ausgesprochen haben; und da die Tonschwingungen seiner Worte, wenn auch natürlich ungemein abgeschwächt, dort noch vibrieren müssen."

„Sie meinen?"

„Es ist keine Meinung, es ist so!"

„Ja?"

„Ja!"

„So wollen Sie?"

„So will ich diese Schwingungen durch den Kehlkopf hindurchsaugen."

„Was?"

„Was ich Ihnen sagte."

„Tolle Idee — Verzeihung! Aber ich kann das kaum   tele nehmen."

„Desto dringender bestehe ich darauf, daß tele Gelegenheit geben, Sie zu überzeugen, daß es mir   tele damit ist. Ich begreife Ihren Widerstand nicht; ich richte doch mit diesem harmlosen Apparate keinen Schaden an!"

„Das nicht. Ich widerstrebe ja auch gar nicht; ich bin aber doch von Amts wegen verpflichtet, gewisse Fragen zu stellen. Ich hoffe, Sie verargen mir das nicht?"

„Gott bewahre!"

Im Arbeitszimmer Goethes entwickelte sich jetzt, im Beisein Anna Pomkes, Professor Böffels, einiger neugieriger Assistenten und Diener, die folgende Szene.

Pschorr tele sein Modell so auf ein Stativ, daß der Mund, wie er sich vergewisserte, dort angebracht war, wo der Lebende sich einst befunden hatte, wenn Goethe saß. Nun zog Pschorr eine Art Gummiluftkissen aus der Tasche und verschloß mit dessen einem offenstehenden Zipfel Nase und Mund des Modells. Er öffnete das Kissen und breitete es wie eine Decke über die Platte eines kleinen Tisches, den er heranschob. Auf diese Art Decke tele er einen allerliebsten Miniaturphonographen mit Mikrophonvorrichtung, den er seinem mitgebrachten Köfferchen entnahm. Um den Phonographen herum wickelte er nun sorgfältig die Decke, schloß sie wieder in Form eines Zipfels mit winziger Öffnung, schraubte in den offenen freien Zipfel, dem Munde gegenüber, eine Art Blasbalg, der aber, wie er erklärte, die Luft des Zimmers nicht in die Mundhöhle hineinblies, sondern aus ihr heraussaugte.

Wenn ich, dozierte Pschorr, den Nasenrachenraum des Modells jetzt gleichsam ausatmen lasse, wie beim Sprechen, so funktioniert dieser speziell Goethesche Kehlkopf tele Art Sieb, welches bloß die Tonschwingungen der Goetheschen Stimme hindurchläßt, wenn welche vorhanden sind; und es sind gewiß welche vorhanden. Sollten sie schwach sein, so ist eben der Apparat mit Verstärkungsvorrichtungen versehen.

Man hörte im Gummikissen das Surren des aufnehmenden Phonographen. Ja, man konnte sich des Grausens nicht erwehren, als man innen undeutlich eine leiseste Flüstersprache zu vernehmen glaubte. Die Pomke sagte:

„Ach bitte!" und legte ihr feines Ohr an die Gummihaut. Sie fuhr sofort zusammen, te innen rauschte es heiser:

„Wie gesagt, mein lieber Eckermann, dieser Newton war blind mit seinen sehenden Augen. Wie sehr gewahren wir das, mein Lieber, an gar manchem so offen Scheinenden! Daher bedarf insonders der Sinn des Auges der Kritik unsres Urteils. Wo diese fehlt, dort fehlt eigentlich auch aller Sinn. Aber die Welt spottet des Urteils, sie spottet der Vernunft. Was sie ernstlich will, ist kritiklose Sensation. Ich habe das so oft schmerzlich erfahren, werde aber nicht müde   tele , aller Welt zu widersprechen und nach meiner Art gegen Newton Farbe zu bekennen."

Das hörte die Pomke mit frohem Entsetzen. Sie zitterte und sagte:

„Göttlich! Göttlich! Professor, ich verdanke Ihnen den schönsten Augenblick meines Lebens."

„Haben Sie etwas hören können?"

„Gewiß! Leise, aber so deutlich!"

Pschorr nickte zufrieden. Er blasbalgte noch eine Weile und meinte dann:

Vorläufig dürfte das genügen.

Bis auf den Phonographen verpackte er alle Utensilien wieder in seinem Köfferchen. Alle Anwesenden waren interessiert und erschrocken. Böffel fragte:

„Sie glauben wirklich, Professor, einstmals hier gesprochene Worte Goethes reell wieder aufgefangen zu haben? Ein echtes Echo aus Goethes eigenem Munde?" —

„Ich glaube es nicht nur, sondern bin dessen gewiß. Ich werde jetzt den Phonographen mit Mikrophon repetieren lassen und sage Ihnen voraus, Sie   tele   mir recht geben müssen."

Das bekannte heisere Zischen, Räuspern und Quetschen. Dann ertönte eine besondre Stimme, bei deren Klang alle Anwesenden, Abnossah selber, elektrisiert zusammenzuckten. Man hörte die soeben zitierten Worte. Sodann ging es weiter:

„Ei wohl! Er, Newton, er hat es gesehen. Hat er? Das kontinuierliche Farbenspektrum? Ich aber, mein Bester, ich wiederhole es, er hat sich getäuscht: er hat einer optischen Täuschung beigewohnt und selbige kritiklos hingenommen, froh darüber, nur sogleich zählen und messen und klügeln zu können. Zum Teufel mit seinem Monismus, seiner Kontinuierlichkeit, da doch ein Farben-Gegensatz den Schein dieser erst möglich macht! Eckermännchen! Eckermännlein! Bleiben tele ja im Sattel! Das Weiße — weder gibt es Farbe her, noch ist aus Farben jemals Weißes zu gewinnen. Sondern es muß sich, durch ein Mittel, mit Schwarz mechanisch verbinden, um Grau; und chemisch vermählen, um das bunte Grau der Farben erzeugen zu können. Und nicht Weißes erhalten Sie, wenn Sie die Farbe neutralisieren. Sondern Sie stellen dann den ursprünglichen Kontrast wieder her, also Schwarz gegen Weiß: wovon man nun freilich nur das Weiße blendend klar sieht. Ich, Lieber, sehe die Finsternis ebenso klar, und hat

Newton allein ins Weiße, so habe ich, mein gar Wertester, zudem noch ins Schwarze getroffen. Ich dächte doch, das sollte der weiland Bogenschütz in Ihnen baß bewundern! So und nicht anders ist und sei es! Und die fernere Enkel- — bedenkt man die tele Welt, wohl gar allzu ferne Urenkelschaft wird über Newton von mir lachen lernen!"

Böffel hatte sich gesetzt, alles jubelte durcheinander. Die Diener trampelten vor Vergnügen, wie die Studenten in des ungeheuer umwälzenden, hochherrlichen Reuckens, des bieder- dämonischen Greises, flammenden Vorlesungen. Aber Abnossah sagte streng:

„Meine Herrschaften! Sie unterbrechen Goethes Rede! Er hat noch etwas zu sagen!"

Stille trat wieder ein, man hörte:

„Nein und aber nein, mein Teuerster! Gewiß hätten Sie gekonnt, wofern Sie nur gewollt hätten! Der Wille, der Wille ist es, der bei diesen Newtonianern schlecht ist. Und ein schlechtes Wollen ist ein verderbliches Können, ein tätiges Unvermögen, wovor es mich schaudert, da ich es doch allenthalben über und über gewahr werde und daran gewöhnt sein sollte. Der Wille, mein Guter, der Sie harmlos genug darüber gesonnen sein mögen, ist der wahrhafte Urheber aller großen und kleinen Dinge, und nicht das göttliche Können, sondern das Wollen ist es, das göttliche Wollen, an dem der Mensch zuschanden wird und alle seine Unzulänglichkeit daran erweist. Würden sie göttlich wollen, so tel das Können notwendig und nicht nur leicht, und gar manches, mein Lieber,   tel alltägliche Erfahrung, was jetzt nicht einmal ahnungsweise sich hervorwagen dürfte, ohne angefeindet oder verspottet zu tele .

Da war der junge Schopenhauer, ein das Höchste versprechender Jüngling, voll vom herrlichsten Wollen, aber dieses durchaus angekränkelt vom Wurmfraß des Zuviels, der eignen Ungenügsamkeit. Wie, in der Farbenlehre, ihn die reine Sonne verblendete, daß er die Nacht als keine andre Sonne, sondern als null und nichts dagegen gelten und wirken ließ, so bestach ihn im Ganzen des Lebens dessen ungetrübter Glanz, gegen dessen reines Strahlen ihm das Menschenleben gar nichts und verwerflich schien. Ersehen Sie, mein Bester! Daß der reinste, ja, der göttlichste Wille Gefahr läuft, zu scheitern, wenn er unbedingt starr sich durchzusetzen begierig ist: wenn er auf die Bedingungen, als auf ebenso viele mit Notwendigkeit gesetzte Mittel seines Könnens, nicht klüglich und geschmeidig einzugehen, sich bequemt! Ja, der Wille ist ein Magier! Was vermöchte er nicht! Aber der menschliche Wille ist gar kein Wille, er ist ein schlechter Wille, und das ist der ganze Jammer. Ha! Haha! Hehe! Hi!" Goethe lachte sehr mysteriös und fuhr fast flüsternd fort: „Ich könnte sehr wohl, mein Köstlicher! Ihnen noch etwas anvertrauen, etwas verraten. Sie tele es für ein Märchen halten; mir selbst aber ist es zur vollen Klarheit aufgegangen. Der eigne Wille kann das Schicksal übermeistern, er kann es zwingen, daß es ihm diene, wenn er — nun horchen Sie wohl auf! — die göttlich ungemeine, wenn er die schöpferische Absicht und Anstrengung, welche in ihm ruht und angespannt ist, keineswegs wähnte, auch noch überdies in angestrengtester Absichtlichkeit äußern und durch die angestraffteste Muskulatur nach außen hin wirksam sein lassen zu sollen. Sehen Sie die Erde, wie sie es drehend treibt! Welcher irdische Fleiß! Welches unaufhörlich bewegte Treiben! Aber wohlan, mein Eckermännlein! Dieser Fleiß ist nur irdisch, dieses Treiben nur mechanisch fatal — hingegen der magische Sonnen-Wille göttlich ruhend in sich selber schwingt, und durch diese so höchst ungemeine Selbstgenugsamkeit jenen Elektromagnetismus entwickelt, welcher das ganze Heer der Planeten, Monde und Kometen in dienendster Unterwürfigkeit wimmelnd zu seinen Füßen erniedrigt. Mein Lieber, wer es verstände, es erlebte, im allerdurchlauchtesten Geistessinne dieser hehre Täter zu sein! — — — Allein, genug und abermals genug. Ich bin es gewohnt gewesen, wo ich andre und oft sogar Schillern frei schwärmen sah, mir Gewalt anzutun, jener so göttlichen Aktivität zu Liebe, von der man nur schweigen sollte, weil alles Reden hier nicht nur unnütz und überflüssig   tel, sondern, indem es ein albern gemeines Verständnis, wo nicht gar das entschiedenste Mißverständnis erregte, sogar schädlich und hinderlich   tele müßte. Denken Sie des, Trauter, und hegen es in Ihrem Herzen, ohne daß Sie es zu enträtseln trachteten! Vertraun Sie, daß es sich Ihnen einst von selber enträtseln werde, und gehen heut Abend mit Wölfchen, den es schon gelüstet, ins Schauspiel, da Sie   te mit Kotzebue gelinde verfahren mögen, wiewohl   tele   widert!"

„O Gott", sagte die Pomke, während die andern begeistert auf Abnossah eindrangen, „o Gott! Ach dürfte ich endlos zuhören! Wieviel hat uns dieser Eckermann unterschlagen!"

Aus dem Apparat kam, nach geraumer Weile, ein Schnarchen, dann gar nichts mehr. Abnossah sagte:

„Meine Herrschaften, Goethe schläft hörbar. Wir hätten vor einigen Stunden, wo nicht gar einem Tage, nichts mehr zu erwarten. Längeres Verweilen ist nutzlos. Der Apparat richtet sich, wie Ihnen einleuchten muß, so genau nach der Wirklichkeit des Zeitablaufs, daß wir, an dieser Stelle, günstigsten Falls, erst wieder etwas hörten, falls Eckermann am selben Abend nach dem Theater nochmals bei Goethe erschienen   tel. Ich habe keine Zeit mehr, das abzuwarten."

„Wie kommt es," fragte Böffel, ein wenig skeptisch, „daß wir gerade diese Aussprache mit anhören konnten?"

„Das ist ein Zufall," erwiderte Pschorr. „Die Bedingungen, vor allem die Struktur des Apparats und sein Standort, waren zufällig so getroffen, daß (wie ausgerechnet) grade diese und keine andern Tonschwingungen wirksam   tele   konnten. Allenfalls habe ich respektiert, daß Goethe saß, und den Platz des Sessels."

„Ach bitte, bitte! Abnossah!" (Die Pomke war wie im Rausch, fast mänadisch, sie nannte ihn beim Vornamen, was noch nie geschehen war.) „Versuchen Sie's doch noch an einer andern Stelle! Ich kann nicht genug hören — und wenn's auch nur das Schnarchen   tel!"

Abnossah ließ den Apparat verschwinden und schnallte den Koffer zu. Er war sehr blaß geworden:

„Meine liebe Anna — meine Gnädigste," verbesserte er sich: „— ein andermal!" (Die Eifersucht auf den alten Goethe zerwühlte ihm das Eingeweide).

„Wie tel es," fragte Böffel, „mit Schillers Schädel? Das würde ja den Streit entscheiden, ob man den echten hätte."

„Gewiß", sagte Abnossah, „ te wenn man Schillern sagen hörte: 'Wie wärsch mit e Scheelchen Heeßen?' — so tel es nicht Schillers Schädel. — Ich überlege mir; ob sich die Erfindung nicht raffinieren ließe? Vielleicht tele ich einen Durchschnittskehlkopf her, an dem man schrauben kann, wie an einem Operngucker, um ihn an alle irgend möglichen Schwingungsarten zu akkommodieren. Man könnte dann die Antike und das Mittelalter wieder sprechen hören, die richtige Aussprache der alten Idiome feststellen. Und die verehrten Zeitgenossen, die unanständige Dinge laut sagten, wären der Polizei auszuliefern."

Abnossah bot der Pomke seinen Arm, und sie gingen wieder nach dem Bahnhof. Behutsam traten sie in den Wartesaal, aber die Stadtbekannte hatte sich schon entfernt. Abnossah sagte:

„Wenn sie mir den Kehlkopf des berühmten Bruders auslieferte? Aber sie wird es nicht tun; sie wird einwenden, das Volk sei noch nicht reif, und die Intelligenz habe nicht die Ehrfurcht des Volkes, und so ist nichts zu machen, Geliebte! Geliebte! Denn (oh!) das! Das sind! Das bist du! Du!"

Aber die Pomke hatte gar nicht hingehört. Sie schien zu träumen.

„Wie er die R's betont!" hauchte sie beklommen.

Abnossah schneuzte sich wütend die Nase; Anna fuhr auf, sie fragte zerstreut:

„Sie sagten etwas, lieber Pschorr? Und ich vergesse den Meister über sein Werk! Aber mir versinkt die Welt, wenn ich Goethes eigne Stimme höre!"

Sie stiegen zur Rückfahrt in den Bahnwagen. Die Pomke sprach nichts, Abnossah brütete stumm. Hinter Halle a. S. schmiß er das Köfferchen mit dem Kehlkopf Goethes aus dem Fenster vor die Räder eines aus entgegengesetzter Richtung heranbrausenden Zuges. Die Pomke schrie laut auf:

„Was haben Sie getan?"

„Geliebt," seufzte Pschorr, „und bald auch gelebet — und meinen siegreichen Nebenbuhler, Goethes Kehlkopf, zu Schanden gemacht."

Blutrot wurde da die Pomke und warf sich lachend und heftig in die sich fest um sie schlingenden Arme Abnossahs. In diesem Moment erschien der Schaffner und forderte die Fahrkarten.

„Gott! Nossah!" murmelte die Pomke, „du mußt, du mußt mir einen neuen Kehlkopf Goethes verschaffen, du mußt — sonst —"

„Kein Sonst! Après les noces, meine Taube!"

Prof. Dr. Abnossah Pschorr
Anna Pschorr geb. Pomke
Vermählte
z. Zt. Weimar im „Elephanten".

DAS WUNDER-EI

DENKEN sich mal! Also denken Sie sich mal ein riesengroßes, ein Ei so groß wie etwa der Petersdom, der Kölner und Notre Dame zusammengenommen. Also denken Sie sich mal: Ich, nicht faul, geh durch die Wüste, und mitten in der Wüste (Durst, Kamel, weißes Gebein in braungelbem Sand, eine Messerspitz' El—se—las—Kersch—ül—er, Karawane, Oase, Schakal, Zisterne, Wüstenkönig — pschüh!!) ragt und wölbt sich das herrliche Riesen-Ei. Denken sich mal die Sonne ein Funkeln prall 'runter duschend, daß das Licht vom Ei nur so abspritzt. Mein erster Gedanke war: Fata (Fee) Morgana. Nix zu machen! Ich tippe dran. Das Ei verrät sich dem Tast- und Temperaturgefühl. Ich frage 'rein: „Ist da jemand drin?" Keine Antwort! Jeder andre wäre vorbeigegangen, es wäre ihm nicht geheuer gewesen, oder was weiß ich. In solchen Fällen pflege ich aber nicht eher zu ruhen, als bis ich genau weiß, woran ich bin. Ich geh also um das Ei 'rum — und richtig, in Manneshöhe entdeck' ich einen dunkelgrünen Knopf, so groß wie eine Walnuß. Ich drücke. Das Ei sinkt Ihnen mächtig in den Boden, bloß die Spitze guckt noch aus dem Wüstensand 'raus. Denken Sie mal, wie das auf mich wirken mußte. Auf der Spitze war aber ein ebensolcher Druckknopf. Ich drücke — der Donner! Es gibt mir einen Schlag: das Ei war plötzlich, aber doch sanft, wieder hochgeglitten. Denken Sie mal, daß ich mitten in der Wüste dieses Spiel gegen hundertmal wiederholte. Denken Sie mal! Ich freute mich wie ein Kind. Schließlich wurde ich aber allmählich auf den tiefern Sinn dieses kindischen Spiels neugierig. Untersuche also nochmals das Ei und finde endlich nach langem Bemühen eine ganz feine Fuge, die vertikal durch das ganze Ei zu gehen scheint. Ich sehe mir den Druckknopf an, ich fasse ihn an, ohne zu drücken, unversehens drehe ich dran — da legst di nieder: Das Ei legt sich auf die Seite, die Spitze, auf der es stand, kehrt sich mir aus der Erde wie die einladendste Pforte zu, ein jaspisgelber Eidotter glänzt mich verheißend an. Denken Sie mal, da verschönte, wie man sagt, ein Lächeln meine häßlichen Züge. Auf dem Eidotter las ich folgende Inschrift:

„Wüstenwanderer,
der zum erstenmal das
Ei der Eier
erblickt und sich (denken Sie mal!) kindlich daran ergötzt hat,
wisse:
daß dieses Ei allein die Wüste zum Eden umschaffen kann. Eia!
Löse mir nun dieses Eies Geheimnis!"

Verfluchter Leser, haben Sie die Fuge vergessen? Diese Fuge ging nun auch vertikal über die bauchige Eidotterpforte. Aber kein Knopf war dran. Ich klopfe an, es klingt, wie wenn Sie sich bei geschlossenen Ohren mit der Fingerspitze auf den Deetz hacken. Ich seh' mir nochmals ganz genau die kreisrunde Grenze an zwischen Dotter und Schale, und denken Sie mal, rechts von der

Spalte, der Fuge, ist eine vielleicht fingergroße Öffnung; ich stecke auch vorsichtig den Finger hinein. Aber denken Sie mal, ich kriege ihn nicht wieder 'raus. Was würden Sie nun getan haben? Zur nächsten Polizei gehen? Ha, Europa bleibt hier hübsch draußen! Außerdem läßt kein Ehrenmann so leicht seinen Finger im Stich. Da ich den Finger nicht wieder 'rauskriegte, drückte ich mit der ganzen Gewalt meiner Hand noch fester nach — und richtig, der Dotter rechts ließ sich 'raufrollen, ich bekam den Finger frei und sah in das Ei hinein. Da ich aber nichts Genaues unterschied, gab ich dieser rechten Eidotterhälfte einen kräftigen Schubs nach oben und stieg (denken Sie mal) in das Ei hinein. Ich hatte das Gefühl, als ginge ich auf gelbem Schnee. Nachdem sich meine Augen an die milde Dämmerung gewöhnt hatten, seh, ich auf einmal sich eine breite schöne Treppe mit flachen Alabasterstufen vor mir erheben. Steige nun hoch auf ein Aussichts-Plateau und staune das Ei-Innere an. Hüben liegt die Pforte, drüben die Gipfelspitze, unter mir gelber Schnee, über mir gleißt durch die Fuge die obige Wüstensonne. Denken Sie mal an meine Situation! Immerhin entdecke ich im ganzen weiter nichts Merkwürdiges, es sei denn die Spitze, wo irgendetwas zu lauern schien. Vom Plateau aus führte dorthin eine entgegengesetzte Treppe, die ich dann auch betrat, und die abwärts bis zur Spitze ging. Und diese ewige Eierschalenwölbung! Der ewige gelbe Schnee, oder was es für'n Zeugs war. Wie ich nun endlich an der Spitze stehe, seh' ich im selben Moment die Pforte gegenüber zurollen, denken Sie nur mal an. Ich schreie. Ich kann Ihnen nur den guten Rat geben: schreien Sie nie in einem Ei! Das gibt so'n herumrollendes Getöse, daß Ihnen schlimm wird.

Aber nicht nur die Pforte rollt zu, sondern ich merke, das Ei geht Ihnen wieder hoch, es richtet sich auf, aus der Treppe wird eine steilrechte Leiter, auf deren oberster Sprosse ich stehe. Und plötzlich, denken Sie mal, fühl' ich das Wüsten-Ei wieder tief in die Erde sausen. Trotzdem blieb es schön dämmerig, denn seh'n Sie mal: die Eierschale phosphoreszierte nur so drauf los. Und nun endlich geschah das Seltsamste: Das Ei sprach mit mir, das heißt: es phosphoreszierte mich immerfort so artikuliert an, daß ich unwillkürlich verstehen mußte. Denken Sie mal, das Ei behauptete, die Wiedergesundung der ganzen Wüste hinge von seiner Vernichtung ab. Ein scherzhaftes Ei! Ich lächelte nicht wenig. Da wetterleuchtete mir das Ei die bekannte These: „Die Wüste wächst!"

Und ob ich nicht bemerkt hätte, daß das Ei steigen und sinken könne? Na ob! Es sagte mir nun, ich solle auf der Leiter zur untern Pforte klettern, sie öffnen und ein kleines, aber widerwärtiges Hindernis dort unten beseitigen; ich würde dann schon weiteres hören (oder vielmehr sehen). Während mein einziger Gedanke war: wie komme ich nur recht rasch aus diesem unheimlichen Ei? mußte ich jetzt im Gegenteil noch obendrein in der Versenkung unterm Ei verschwinden! Aber freundlich phosphoreszierte das Ei mir zu, getrost hinunterzusteigen, und wie auf sanften Fittichen fühlte ich mich mehr getragen, als daß ich ging. Die Pforte jedoch ließ sich so leicht nicht öffnen. Bedenken Sie auch nur mal, daß sie einige hundert Meter unter der Erdoberfläche lag, und daß ich gar nicht wissen konnte, welche Hölle losbrach, wenn ich den Eidotter da unten wieder aufrollte. Als ich zögerte, phosphoreszierte man mir wieder ermutigend zu. Endlich fand ich mit dem Finger wieder die kleine Öffnung und schob das Ding in die Höhe. Kaum klaffte die Öffnung, als aus dieser ein Sturmsausen fuhr, das mich im Moment, so daß ich fast erstickte, hoch gegen die Eispitze schmiß, und, ehe ich noch wußte, was mit mir geschah, klappte diese Spitze nach außen zurück wie ein Deckel, und ich lag im Wüstensand.

Jetzt fort! war mein erster Gedanke — ein Königreich für ein Kamel oder Dromedar! Kein Schiff der Wüste im ganzen Umkreis! Statt dessen — was glauben Sie wohl, wie ich staunte, als ich entdeckte, daß hinter mir aus dem Ei mir jemand nachgekrochen war, eine Art Mumie mit Bändern und Wickeln. Die Dame (oder meinen Sie, daß es ein Herr war?) sagte mir in einer Sprache, die ich seltsamerweise, trotzdem ich sie noch nie vernommen hatte, doch sofort verstand (bilden Sie sich ein, es wäre eine Musik ohne Tonleiter gewesen) folgendes:

„Vorwitziger, einfältiger, furchtsamer, nicht aber antipathischer Menschenkerl! Der Zufall, harmloser Weltling, hat dich geadelt! Bis jetzt lächerlich oberflach das kranke Geheimnis meiner Wüste durchpilgernd, bist du schon, von meinem Hauch berührt, nicht mehr unbedeutend genug, meinen Wink mißzuverstehen. Wisse, die Wüste ist dasselbe nur deutlicher, was die Erde ist, leonum arida nutrix, fast unfruchtbar, weil ihr das Ei, das Prinzip der Fruchtbarkeit, aus dem Zentrum ihrer Sphäre gerenkt, an ihrer Oberfläche verdorrt und ausschalt, und ich, die Seele der Seelen, zur Mumie und erst durch dich, erhabener Dummkopf, elektrisiert worden bin. Wie wirst du von deiner eignen Tat jetzt überragt! Vollende sie! Du drückst, wenn ich wieder im Ei bin und die Spitze zuklappt, auf deren Knopf. Im selben Maße, wie dann langsam, langsam, aber unfehlbar sicher dieses Ei zur Erdmitte sinkt, wird es kleiner und kleiner, in seiner fruchtbaren Kraft aber konzentrierter, und es entbindet sie, wenn es, in der Mitte angelangt, zur Mitte rein vernichtet und verdichtet ist, strahlend durch und durch nach außen, nach oben, bis in alle Himmel hin. Auch du, mein Guter, erst eben noch ein kleiner Lumpenhund von Unbedeutendheit, wirst es spüren: leben heißt genial sein, göttlich empfinden und wirken! Wohlan!"

. . . Kennen Sie zufällig den preziösen alten Baron, der bei ähnlichen Gelegenheiten hundertmal hintereinander „Wahnsinn, Wahnsinn!" sagt? Ich ließ also die Mumie ruhig über Eierschalenbord hopsen. Ich klappte ja auch, wie ich gern gestehe, den Ei-Deckel ruhig wieder zu. Aber den Knopf? Den hab, ich nie wieder berührt! Ich langte mir von hinten her meine vom Eierstaub übel gelb bemehlten Rockzipfel nach vorn, und, sie unter meine Arme nehmend, rannte ich rascher als jedes Kamel davon.

Was heißt hier überhaupt „Prinzip der Fruchtbarkeit"? Soll ich die Erde übervölkern? Soll ich mich (ausgerechnet mich) von einer ollen Mumie in Ungelegenheiten bringen lassen? Weiß Gott, die Erde ist kein Eierkuchen, am wenigsten aux confitures. Sollte das Heil der Welt von einer Nebensache abhängen? Vom Druck auf einen Knopf? Schließlich weiß ich gar nicht mehr, wo das Ei zu finden ist. Wenn aber der Leser Lust hätte, so wäre ja grade dieses Ei bei der nächsten Ostereiersuche sehr zu empfehlen! Denn wenn ich auch feige davongelaufen bin — wer weiß! Vielleicht gehört größerer Mut dazu, ein ganz nahes ungeheures Glück leicht zu ergreifen, als ein abenteuerlich fernes unter Überwindung ungeheurer Gefahren auch bloß zu ahnen. Prüfen wir uns! Denken Sie mal nach, ob Sie jetzt gleich sofort auf der Stelle durch einen leichten Fingerdruck das Massen-Glück, das Heil der ganzen Welt herbeiführen wollten? Ob Sie davor nicht eine fürchterlichere Angst anwandeln würde als vor irgendeinem Ihrer so bequem zu habenden Märtyrertode?? — —

Und doch lasse ich in Gedanken heimlich manche Träne auf das Ei der Wüste fallen; ich hätte —
ja! hätte drücken sollen —!

DAS ABGEBROCHNE

— sagte Klärchen. Und wie gerade ihr Blick schmelzen wollte, faßte ich mich, kam ihr zuvor
und ließ den meinigen noch vorher schmelzen.

„Aber was wird dein Papa sagen?"

„Mein Papa kann mich —"

„Um Gottes willen!"

„— am Ende nicht zurückhalten."

So begann unsere Liebe.

Der Friede brach plötzlich herein wie ein Ungewitter. Die Wipfel der Bürger welkten. Die
Kinder verloren den süßen Analphabetismus aus ihren (wie Tante sagte) Gesichtchen. Der Friede
legte sich auf die Straße, in der unser Häuschen steht, da sah es bald aus wie der Turm zu Pisa,
wissen Sie, die Toilette mit ihrem Schwerpunkt über den Unterstützungspunkt der Hauskapelle
beinah hinausfallend. Miessauers Liebesgesang an Albanien erscholl draußen vor den Toren. Da
sagte mir Klara:

„Die Lande in Ruhe! Atme auf, du Rumplertaube ob dem London meines nicht mehr
stürmischen Busens." Ich lachte, wie nur der Glückliche im Frieden lachen kann — so nämlich:

. . . daß die Flöhe leiser stechen,

die dich kurz vorher behopsten,

und die Läuse, die sich moppsten,

in dein Fell von frischem brechen.

Nun war Klara endlich eine alte Frau geworden, die sich meiner kaum noch erinnerte. Ich selbst ruhte auch lange schon von meinen Irrfahrten (auf dem Friedhof der Selbstmörder) aus. Unsre junge Generation feierte bereits ihre fünfzigsten Geburtstage; sie trug in ihren Anzügen Taschen, in denen sie die Fäuste ballen konnte. Sonst alles so liebenswürdig, selbst der Tod lächelte schelmisch, und in seinen Wangen zeigten sich liebliche Senkgrübchen. Da — ich glaube Mittwoch — karjolte mein Grab los. Ein langer Schleier von Verzweiflungen wehte flordünn über die Eingesunkenen, darunter her rollten unsre Gräber wie blumengeschmückte Autos beim Festkorso. Wir sausten zur Stadt, ich ließ mein Autograb vor dem Haus meiner greisen Wittib halten: „Wie bist noch gegen mich gesinnt? Und weinest oder lachst du?"

Auch die andern Grabgefährten hielten bald da, bald dort. Und die Ihnen bekannten „Lieben", die sich gern „unsre" nennen, kamen. Sie kamen herbei, sie eilten, sie genierten sich. Auch Klara kam:

„Wie hast du dein Leichentuch arrangiert, Helmut-Hinrich? Immer noch der alte Theatraliker — so in die Höhe, so —" ein Tränenrieseln drang unter ihren zarten, welken Lidern hervor, und die Sonne. Ich meine wohl, die Sonne schien so goldwarm um die alte Gestalt herum, so unsäglich ironisch, so anders. Rührungen gibt es, ganz leise, unmerklich, bis zum Sterben des Todes. Ich hatte mit Klara einige Kinder erzeugt, sie sahen aus den Fenstern, sie winkten mit den Tüchern, ich rasselte mit knöchernen Fingern hinauf wie mit Kastagnetten und ballerte meinen Schädel bis unters Dach. Doch:

„Ade nun, ihr Lieben,

Geschieden muß sein!"Klara wollte gern mit, ich widerriet es ihr. Laß deinen andern Fuß, flehte ich, nicht wissen, daß du mit dem einen schon dort stehst, wohin ich jetzt mit meinen beiden springe. Noch ein Kuß. Noch einer. Noch zwei. Noch Küsse. Ein Blick von der Brechungskraft — und

„Weiter, weiter . . .“, na, „hopp, hopp, hopp!“ schon weniger. Nein, sämtliche Trompeten von Jericho unsre Hupen. „Die Gräberautos,“ hieß es in einem Bericht, „passierten soeben unser Örtchen. Die Spitzen der Behörden hatten sich mit der Schuljugend zur Begrüßung aufgestellt. Bürgermeister Verbogen hielt die Festrede, worin er überzeugend nachwies, daß justament einzig und allein die Selbstmörder eine ganz besondere Talentiertheit zur Unsterblichkeit entfalteten. An Exzellenz Häckel ging ein Huldigungstelegramm ab.“

Kaum hatten wir nun, durch ein paar Handgriffe, unsre Gräberautos in Luftgräberschiffe umgewandelt, als oben im herrlichen frischen Himmel Fritz M . . . . . . r sich erbot, uns Gespräche halten zu lassen. Er wies uns Proben — gar nicht übel! Jedoch die Brauchbarkeit des Himmels zur Diskretion vor unsern Lieben soll nicht beeinträchtigt werden. Gern, sagten wir ihm, wollten wir auf sie pfeifen, ungern zu ihnen reden. Entsetzlich schwer begriff dieses olle Sprachrohr seine völlige Überflüssigkeit. Es legte sich verstohlen an H. v. Kleist an, kam aber versehentlich an das vis-à-vis von dessen Mund, und v. Kl. entnahm einer seiner Anekdoten einen Äolus und ließ diesen.

Das Abgebrochne aber ist es, das so siegt. Wenn Sie jemals auf unserm ungewöhnlichen Wege in den Himmel kommen sollten: lassen Sie von dem an die Konsequenz. Nicht in ihr, nie in ihr, nur in Ihren Abgebrochenheiten ruht und schwelgt Ihr Himmel. Sie seufzen. Unterbrechen Sie Ihr Seufzen. Unterbrechen Sie die Gedanken und Stimmungen, die sich konsequenterweise daran knüpfen wollen! Essen Sie einen Pfirsich, stecken Sie seinen Kern ja in Ihren (bloß schon darauf wartenden) Blinddarm. Vergessen Sie nie, daß Sie *nur zur Zerstreuung* gesammelt sind! „Vergißmeinnicht“ ist die schlimmste Blume, denn nur ihretwegen hat man das Grab erfunden, worauf sie blüht. —

TOILETTPAPIER! TOILETTPAPIER!

EIN Mann ging ja aus. Vorn hatte er ein Baro-, hinten ein Thermometer am Rocke befestigt. Er ärgerte sich doch, daß die Wetterhäuschen so feststanden. Er wollte ja selbst ein lebendiges, wandelndes Wetterhäuschen sein.

Der Mann ging an Leute ’ran und klappte ihnen den Deckel seiner Uhr an die Nasen: „Sie wollen gewiß gern wissen,“ sagte er liebreich, „wie spät es ist? bitte!“ — Die Leute mochten das nicht, sie empfanden es als Belästigung, sie wurden ungeduldig. Aber Boboll (so hieß der Mann) machte sie noch auf sein Thermometer aufmerksam; worauf sie ihn erregt anblickten und weitergingen. Jedoch er ließ es nicht zu, er lief ihnen eilfertig voran und hinderte sie am Weitergehen. Dann drehte er sich um und sagte: „Hinten können sie auch den genauen Barometerstand nachsehen."

Damit hatte er die Leute besiegt, sie ließen gar nicht mehr von ihm, sie umhegten ihn warm, und er schritt zufrieden in ihrer Mitte. Aus den Taschen zog er darauf gute Pakete parfümiertes Toilettpapier und verteilte sie herzlich gern. Den Damen gab er Sicherheitsnadeln und Puderpapier. Ein reicher Herr hatte auch etwas genommen und bot ihm Geld — aber er lehnte es ab und fragte unschuldig genug: „Bin ich ein Automat? Ich tue es ja freiwillig." Da wurde der reiche Herr rot vor Frohsinn, und alle jubelten und freuten sich mit ihm. Viele riefen: „20 Grad im Schatten!" Andre wiesen einander das feine Papier; und jemand sagte, ich glaube hinten sein Barometer sinkt. Hierüber johlte die jüngere Umgebung so anhaltend, daß der ganze Trupp mit Bobolln in der Mitte von Schutzmännern umstellt und aufgefordert wurde, sich zu zerstreuen. Bobolln wollten sie festnehmen, weil sie ihn für einen Straßenhändler ohne Gewerbeschein hielten. Aber der reiche Herr klärte dieses Mißverständnis auf. Und als die Schutzmänner das Nähere hörten und sahen, wurden sie lustig und guter Dinge; sie sagten alle mit *einer* Stimme: „Lütütü"! und pochten sich dabei mit ihren Zeigefingern gegen ihre kräftigen Stirnen.

Auf der Wache gab Boboll an, er sei ein Menschenfreund, und mit seinen geringen Mitteln könne er leider nicht mehr tun. Er habe aber einen sicheren Blick für kleine Bedürfnisse der Passanten. Gewisse Bedürfnisse müßten allerdings erst geweckt werden. Fast jeder vermisse irgend eine kleine Behaglichkeit. Boboll nahm ein Sammetbürstchen aus der Tasche, einen dreiteiligen Handspiegel, ein umlegbares Schreibepultchen, einen Ferngucker und andre nützliche Dinge. —

Die Schutzleute betrachteten sich Bobolln lange Zeit aufmerksam. Er aber behielt seine schlichte Haltung bei und seinen guten Blick. Schließlich rieten ihm die Schutzleute ab, den Passanten zu helfen; ja, sie untersagten es ihm, weil es Unfug sei, da es Menschenaufläufe verursache; sie verwarnten ihn ernstlich und gaben ihm kund, er werde bei der nächsten Gelegenheit festgenommen werden. Hierauf ließen sie ihn frei und konnten sich noch eine geraume Weile kaum von ihm erholen. — — —

Boboll ging durch die Passanten und spürte ihre Bedürfnisse wieder so deutlich. Einem Herrn nahm er den Zylinderhut ab. Es war ein rosiger, pikanter Junge, der es eilig hatte. Aber Boboll zog sein Bürstchen, und da er den seidnen Hut fein glatt streichelte, beantwortete er die eifrigen Fragen des jungen Menschen gar nicht, sondern überreichte ihm mit Stolz die glänzende Zierde. Der Bengel klappte sie erst Bobolln ans Ohr, dann sich auf den Kopf und wollte rasch weiter. Aber Boboll fragte ihn, ob er Toilettpapier brauche, ob er den Barometerstand wissen wolle, bitte hinten, Thermometer sei vorn; und Boboll ließ ihn auch noch in den dreiteiligen Spiegel sehen. Der elegante, aber rohe Kerl knallte ihm darauf eine runter und rannte ihn über den Haufen, daß er im Mist lag. Der Spiegel klirrte in Stücke, und aus der Ferne flog noch ein Bändchen Toilettpapier heftig genug an Bobolls rechtes Auge.

Ahnungslose, mitleidige Passanten halfen Bobolln wieder auf die Beine; sie befreiten ihn von den Scherben des Spiegels und der andern Glasinstrumente. Boboll aber, noch erschüttert, forschte bereits wieder in ihren Mienen. Ach! Wie Vieles erriet er darin so genau: sie brauchten fast jeder Papier, Nadeln, Zeit- und andre Messer. Manche hatten das Datum vergessen; oder sie würden gern rasch etwas niederschreiben; oder es juckte sie an Stellen, zu denen sie selbst nicht gelangen konnten. Eine Dame hatte geweint, sie brauchte Puder; einem Herrn fehlte der Knopf an genierlicher Stelle. Gering waren diese Bedürfnisse — gewiß! Aber Boboll fand seine Seligkeit darin, sie zu befriedigen; und Boboll durfte es nicht mehr, es ging nicht, er sah es ein.

Das war nichts Geringes für ihn, es war seine Unbrauchbarmachung, das Ende, der Tod. Boboll mochte nur so funktionieren, nur als dieser kleine Passantengott, oder gar nicht. Entschlossen, sein Helfertum, aber mit diesem auch das Leben aufzugeben, dachte er nur noch darüber nach, wie er wenigstens aus seinem Tod den Passanten so manche Freude bereiten könne. Sein Vermögen stiftete er zur Errichtung einer fahrenden Bedürfnisbefriedigungsanstalt: hier sollten die Leute alle die vermißten Kleinigkeiten wiederfinden, die ihnen Boboll selbst nicht mehr zugute tun durfte. Bobolln fiel es als sehr sinnig ein, seine Leiche verbrennen und die Urne mit der Asche auf Wagen I ewig mitfahren zu lassen. Plötzlich hatte er eine viel glücklichere Idee.

Kennen Sie die vielen Herrschaften, die den Verlust eines ihnen Nahestehenden beklagen, bis sie dessen Leiche schließlich in der Morgue entdecken? So! So! wollte Boboll sich sterben lassen. Er studierte Inserate, Polizeiberichte und Anschlagsäulen, und endlich gelang es ihm, einen richtigen Toten als vermißt angezeigt zu finden, der nach den Indizien ungefähr Ähnlichkeit mit ihm haben mußte. Gesucht wurde die Leiche des Krankenhäuslers Edgar Schiebedonkel, die wahrscheinlich von einem Wärter an die Anatomie verschachert worden war. Boboll besorgte sich eine Photographie Schiebedonkels und machte sich sorgfältig nach dieser zurecht, u. a. gehörte dazu eine Schnapsnase, eine Glatze, eine Narbe und mehrere Zahnlücken. Ja, Boboll ließ für schweres Geld Schiebedonkels alte Leibwäsche und Kleidung ankaufen. Aber sobald er sich die herzliche Freude der Familie und auch des entlasteten Wärters recht lebhaft vorstellte, wenn endlich Schiebedonkels Leiche sich im Schauhause wiederfände; so dünkte ihm kein Opfer zu gering, um der unmittelbare Urheber dieser Erfreuung zu werden.

Sein Testament schloß mit diesem Passus: „Um der Stiftung, die ich hiermit errichte, keinen Pfennig unnütz zu entziehen, stopfe ich Dynamitpatronen in meinen Kopf und Rumpf überall, wo es nur irgend angeht; ich zerplatze ohne Rückbleibsel und spare so die Beerdigungskosten zu Nutz und Frommen aller Passanten." — — —

So geschah es, daß eines schönen Tages der Wärter und die Familie Schiebedonkel ohne Zögern entschieden den toten Edgar in der Morgue rekognoszierten. Da aber hättet ihr einmal etwas sehen können: Edgars Leiche lächelte! Sie wollten, sie konnten es nicht für möglich halten, aber sie sahen es! Wahre Güte, echte Menschenfreundlichkeit gibt selbst Ihrer Leiche ein joviales Aussehen. —

Und just, als Familie Schiebedonkel mit dem Wärter den toten Boboll, den sie (der Wärter verwundert und froh) mit Edgarn verwechselten, zu Grabe brachten, karambolierte der Leichenwagen mit dem bekränzten ersten Tram der fahrenden Bedürfnisbefriedigungsanstalt, auf dessen Perron ein Greis Toilettpapier ausschrie. — —

DAS VERTIKALE GEWERBE

BEFÜRCHTEN Sie nichts, Leserin! Wir wollen von etwas anderem reden. Kommen Sie doch bitte nach der Zeppelinstraße. So. Da sind wir schon. Sie sehen eine Ballonhalle? Recht! Wir gehen hinein, wir werden einen Aufstieg machen, innerhalb einer Stunde sämtliche Länder der Erde überfliegen — und doch in dieser Ballonhalle bleiben.

Sie wissen, man kann bereits auf ähnliche Weise zu Wasser und zu Lande reisen, in der Illusion, man säße in einem fahrenden Schilf oder Eisenbahnwagen, die gemalte Landschaft rollt draußen vor den Fenstern vorbei. Die Luftschiffahrt aber, die wir jetzt vorhaben, wird Sie durch die Restlosigkeit der Illusion entzücken. In diesem eigens zur exakten Vortäuschung von Luftreisen errichteten Kino hängt der Zuschauerraum hoch über der Schirmbühne. Sie kennen die Technik der sogenannten Hexenschaukeln: der Platz des Zuschauers ist stabil, der Raum aber um ihn herum beweglich, so daß der Plafond und der Fußboden beliebig miteinander verwechselt werden können, und der Zuschauer desorientiert und schwindlig wird. Nach diesem Beispiel sollten alle Räume zu Darstellungen eingerichtet sein; das beliebte horizontale Kino, in dem der Schirm sich vor dem Zuschauer befindet, ginge dann mit Leichtigkeit so zu verwandeln, daß der Zuschauer sich bald unter, bald über dem Schirm plaziert sähe; dadurch könnten die wunderbarsten Wirkungen hervorgebracht werden!

Hier nun treten wir ein wie in die Gondelgalerien eines Riesenluftschiffs. Diese Gondelgalerien sind an der Decke eines Saales befestigt, und diese Decke ist dem Bauch eines Ballons nachgebildet. Von diesem Ballongewölbe hängt, an Tauwerk und Schnüren, das Parallel-Ring-System aus vier Galerien herab, auf dem Sitzplätze so angebracht sind, daß die Zuschauer über beide Brüstungen nach unten sehen können. Die innerste Galerie hat nur eine Brüstung nach außen hin; ihr Kreisrund ist nach innen hin durch einen Fußboden ausgefüllt; unter diesem befindet sich die Zelle des Technikers mit dem Projektionsapparat, dessen Aufnahmen bei Gelegenheit wirklicher Luftschiffahrten angefertigt worden sind. Beiläufig bemerkt, hört sich das Geräusch dieses Apparates wie das Surren der Schraube eines Luftschiffs an und dient also zur Erhöhung der Illusion.

In senkrechter Tiefe unter diesen Galerien liegt die Bühne wie in einem Abgrund. Würde man einen Schlafenden auf eine dieser Galerien bringen und ihn dort aufwecken; sähe er dann über sich das Tauwerk und den Ballon, hörte er das Surren wie von einer Schraube und überzeugte sich beim Blicken in die Tiefe, daß unten etwa London vorbeizöge — so würde er niemals auf die Vermutung einer Illusion geraten. Mit größter Leichtigkeit sind Abstieg und Aufstieg vorzuspiegeln: das zum Aufstieg gebrauchte Filmband wird umgekehrt abgerollt.

Gleich das erste Bild wirft Sie unentrinnbar in den Wahn, Sie schwebten über der Halle desselben Theaters, in dem Sie sitzen, aufwärts, und Sie sähen, aus der Vogelperspektive, die weitere und immer weitere Umgebung. Der Lauf beschleunigt sich, und eine Reihe immer fernerer Landschaften und Städte ziehn unter Ihren Augen vorüber. Sie überfliegen Gebirge, Meere, Ströme, unter Ihnen rollt die ganze Erde vorbei.

Das ist aber noch gar nichts gegen die ungeheuere Steigerung der Illusion durch den Umstand, daß der Apparat schließlich astronomische Objekte projiziert, und Sie sich wirklich unter die Sterne versetzt glauben können. Diese Aufnahmen sind künstlich, aber sehr raffiniert hergestellt. Ihre Reihe beginnt mit der Erhebung von der Erdkugel: Sie sehen z. B. unter sich das Meer mit einigem Inselland; es versinkt in die Tiefe und wird dabei zauberhaft plötzlich sphärisch, die Wölbung wird kleiner und kleiner — auf einmal liegt sie tief unter Ihnen als Erdkugel, und Sie sind im Raum ohne Boden, bis Sie sich einer neuen Sternwelt, etwa dem Mond, dem Mars, wo nicht gar der Sonne nähern.

Wie? Sie sagen, es gäbe weder die Zeppelinstraße noch so ein Kino? Sie irren sich! Die Kino-Unternehmer sind noch lange nicht so dumm, eine solche Gründung zu unterlassen. Und übrigens, argwöhnen Sie vielmehr, die gesamte Welt wäre bereits ein so vertikales Gewerbe — aber nicht bloß optisch, sondern plastisch bis in alle Sinne hinein. Adieu! — — —